世界推理小说 13 怪盗罗平系列

813 谜案

[法] 莫里斯·勒布朗　原著
[韩] 李圭喜　改编
[韩] 李宗恩　绘
张　义　译

人民东方出版传媒
People's Oriental Publishing & Media
東方出版社
The Oriental Press

读前小故事

亿万富翁克塞尔巴赫，只能乖乖地告诉入侵者银行密码。过了一会儿……
在你的银行金库里，有一张写着“Apoon”的信。我要找的就是那个。
切！
你要找皮埃尔·勒迪克吧？如果你说出“Apoon”的意思，我就会帮你找到他。
我不知道。
保持沉默的克塞尔巴赫，最终被嫌疑人杀害。
我的名字是亚森·罗平
尽管罗平留下了名片，但并没有让勒诺尔曼局长受骗。
这不是罗平所为。
此话怎讲？
犯人留下了写着L.M.的烟盒！
L.M
必须找到真凶，洗清罗平的罪名。
克塞尔巴赫死后，只剩他的夫人住在别墅里。
热纳维耳芙，谢谢你的关心。
应该的。
说要亲手抓住犯人的勒诺尔曼，怎么一点消息也没有？
或许罗平真是凶手？
勒诺尔曼可能也已经死了。

目录

813 谜案

05 接二连三的杀人案

12 勒诺尔曼开始作战

14 塞尔尼纳公爵的行动

22 勒诺尔曼的行动

32 帕尔比里－里贝拉－阿尔唐汉姆

40 橄榄绿礼服

46 惊天秘密

50 罗平的大计划

62 七匪徒

接二连三的杀人案

鲁道夫·克塞尔巴赫是个亿万富翁，人称钻石大王。

克塞尔巴赫在一个星期前，租下了酒店的515号，

他正生着气，在酒店里乱走。

因为午饭后他回到屋里，发现放在壁炉上的旅行包被人翻过，

他的秘书夏普曼和仆人爱德华是他的亲信，他俩是绝对不敢的。

但也找不到有人进来过的痕迹。

克塞尔巴赫生气地报了警。

古莱尔负责此案，说马上就到。

“夏普曼，要是该计划顺利的话，再也没人敢瞧不起我了。”

克塞尔巴赫全然忘记了刚才的事情，眼里充满了欲望和兴奋。

这时，自称是大校的人来了电话。说他要带着他的部下，来拜访克塞尔巴赫。

听完电话，克塞尔巴赫把摩洛哥山羊皮做的乌木小匣子扔进了旅行箱里。

“有几位客人要到访，除了古莱尔刑警外，谁也别让进来。”

克塞尔巴赫吩咐完，就坐在了沙发上。

突然他发现身边站着一个陌生男人。

“你，你是谁？夏普曼！爱德华！”

但是秘书和仆人已经被人捆绑在地。

“我是谁？当然是大校喽！”

“你绝对不是！”

“直说吧，我需要的是乌木小匣子，昨天你把它存进了银行的保险箱里。快告诉我保险箱的密码。”

那个自称大校的人把克塞尔巴赫紧紧捆住，

从他的口袋里搜出了保险箱的钥匙，

然后逼他说出了保险箱的密码。

随后，名叫马尔科的同伙跑了出去。

这时，古莱尔刑警到了酒店门口。

大校装成是克塞尔巴赫的仆人，跟古莱尔说明天早上九点再过来。

返回屋里后，大校说，

“好了，现在我该自我介绍了，我是亚森·罗平。

我知道你一来巴黎，就立即联系私人侦探，要求寻找叫皮埃尔·勒迪克的人。

他留着金发和胡须，没有左手小拇指。他对你很重要是吧？”

“我不认识那个人。”

克塞尔巴赫全然否认。这时马尔科来了电话。

在银行的保险箱里，有两百颗钻石和一封信件。

信里写着“一米七五，没有左手小拇指”和“Apoon”。

挂掉电话，罗平急忙拷问，

“克塞尔巴赫，Apoon 是什么意思？”

克塞尔巴赫没有回答他。

罗平掏出了匕首，

“给你五分钟，要是不回答，我就要了你的

小命！”

L.M

第二天，古莱尔发现了被绑的
夏普曼和爱德华。
在旁边屋子的克塞尔巴赫被人杀
害了。

在他的上衣兜里，发现了罗平的名片。
古莱尔大声叫道，
“是罗平，别碰现场任何东西，局长马上就到。”
过了一会儿，勒诺尔曼局长来到了案发现场。
他穿着那件橄榄绿色的旧礼服，身材干瘦，像个老头子。
审判长福尔摩里也一同来到了现场，
他曾在以前的案件中被罗平狠狠地戏弄过，所以罗平是他的眼中钉。
“这条大鱼又浮出水面了！”
勒诺尔曼查出，死者的死亡时间大概在十二小时左右，
所用的凶器是一把锋利的匕首。
这时，打扫房间的服务员说，
“我在 520 号壁炉旁边捡到了一只金色的烟盒，
上面刻有两个字母，L.M.。”
克塞尔巴赫的秘书夏普曼惊讶地说，
“烟盒里是不是有金黄色的俄罗斯香烟？快拿过来。”
服务员急忙回到自己的房间，
但过了很长时间也没有回来。

酒店经理和夏普曼便一同去找他。

几分钟后，经理神色恐慌地跑回来。服务员竟然死了！

“犯人还在酒店里，夏普曼在哪里？

他应该知道L和M分别代表什么。”

勒诺尔曼在走出套房时，忽然弯下身，捡起了一张圆形小纸片。

上面印着一组数字“813”。

这时，在六楼干活的女佣急忙跑过来说，

“大概在十分钟以前，碰到两位先生拉扯着走下五楼和六楼之间的楼梯。其中一个就是夏普曼。”

“夏普曼有危险！”

勒诺尔曼立即部署警员寻找夏普曼。

过了一会儿，在走廊拐角处发出一阵尖叫声。

勒诺尔曼急忙跑过去，只见夏普曼倒在地上，已经断了气。

此时此刻，每个人都觉得不寒而栗。

凶手似乎就在大家的眼皮底下活动，却没人察觉。

勒诺尔曼搜查了临近的几个房间。

房客里有位英国少校，名叫帕尔比里。还有一位英国姑娘。

勒诺尔曼盘问了这位少校，但没能得到任何线索。

警察们又发现了一个包裹，里面是一条毛巾，

包着一把沾满血的钢刀。

仆人爱德华立即认出，那是克塞尔巴赫先生的刀。

勒诺尔曼来到前台，发现了一个寄给克塞尔巴赫的包裹。

里面是一个乌木匣子，也印着数字“813”。

这时有人前来报告，说克塞尔巴赫夫人刚刚赶到。

她一头褐色长发，两只眼睛黑溜溜的，非常漂亮。

知道自己的丈夫遇害后，她的泪水止不住地从眼睛里流出来。

勒诺尔曼开始作战

第二天早上，勒诺尔曼被请到内阁总理瓦朗格莱的办公室。

面对瓦朗格莱的指责，勒诺尔曼回应道，

“罗平没有杀人，凶手是从克塞尔巴赫为夫人预订的

520 室的阳台进入犯罪现场的。”

“可是，在犯罪现场找到了罗平的名片啊？”
“凶手想加害罗平，但他失败了，因为
他在现场留下了刻着 L.M. 的烟盒。”
说完，勒诺尔曼把总理首席警卫带了进来。
“他就是跟假罗平一伙儿的马尔科，
他伪装成克塞尔巴赫，取走了保险箱里的所有东西。”
“勒诺尔曼，你是怎么抓住他的？”
“我在搜查克塞尔巴赫以前聘用过的侦探所时，
发现马尔科利用杰罗姆的假名，给假罗平通风报信。”
总理被勒诺尔曼的破案能力所折服。
第二天，在所有的报纸头条上，都刊登了这则消息。

勒诺尔曼，感谢你为我洗脱了杀人罪名。
但我不能让帮助我的杰罗姆待在监狱里，
5月31日星期五，我将亲自让他恢复自由。

——亚森·罗平

塞尔尼纳公爵的行动

在巴黎库赛尔街的住宅楼里，住着的都是俄罗斯的成功人士。

其中最有名的是塞尔尼纳公爵。

公爵三十多岁的年纪，留着颇具个性的胡子。

有一天，塞尔尼纳派人去跟踪克塞尔巴赫夫人，

得知克塞尔巴赫夫人与一个叫格特鲁德的女佣住在一起。

“让你调查的事情怎么样了？那位美女住在哪里？”
“热纳维耳芙小姐住在克塞尔巴赫夫人家的马路对面。
她在儿童福利院做义工，
跟克塞尔巴赫夫人挺亲近的，她俩常常在一起散步。”
塞尔尼纳叫来了杜德碧兄弟。
他俩以前是巴黎警署的探员，现在是塞尔尼纳的手下。
“在酒店有什么发现吗？”
“住在二楼的帕尔比里少校，还有那个英国姑娘今天离开了酒店。
但奇怪的是，帕尔比里少校把行李都发到火车站，
自己却乘车离开。发到火车站的行李，也被人拿走了。”
“嗯，重要的线索。杀害克塞尔巴赫的人，肯定是有同伙的。
帕尔比里少校突然消失在了人群中，是吧?
马上把这件事告诉古莱尔警官。”
塞尔尼纳又叫来了另一个人，
“医生，皮埃尔·勒迪克怎么样了？”
“他身体太虚弱，死掉了。他没说出什么重要的信息。
没人知道，他就是克塞尔巴赫要找的那个人。”
医生回去后，跟在最后面的人跟塞尔尼纳说，

“老大，您让我监视的名叫鲍勃雷拉的青年，在纸条上写了‘今晚要自杀’的话。所以我制止他说，塞尔尼纳公爵慷慨大方，很愿意帮助别人，你可以去找他。”

不久，鲍勃雷拉来到了塞尔尼纳的面前。

“公爵，要是今天我那个亲戚不给我汇钱，我就死定了。”

“不要担心，我会尽可能帮助你的。”

鲍勃雷拉满怀感激地离开了。

送走了鲍勃雷拉，塞尔尼纳急忙来到公园附近。

在不远处，他看见两名女子在悠闲地走路。

突然，出现三名歹徒抢走了一个姑娘的钱包。

受到惊吓的女子瘫在地上。

“快来帮忙，这位是克塞尔巴赫夫人。”

塞尔尼纳急忙去搀扶她，并拿出了一瓶药。

其实，整件事都是塞尔尼纳预先安排好的。

塞尔尼纳仔细地端详求助姑娘的脸庞。

“热纳维耳芙，你是热纳维耳芙。”

过了一会儿，克塞尔巴赫夫人醒过来了。

塞尔尼纳郑重地给克塞尔巴赫夫人行了礼，

然后送她回到别墅。

接着又送热纳维耳芙回家。

“奶奶，这位是塞尔尼纳公爵。”

热纳维耳芙跟奶奶讲述了刚才发生的事情。

然后热纳维耳芙说要去给学生做饭，

匆匆离开了家。

塞尔尼纳走到热纳维耳芙

奶奶的面前说，

“艾日萌，好久不见，你还好吗？”

“原来是公……公子！咱们有四年没见了。

四年前你来找我说，这个孩子的父母都死了，让我养育她。

之后你就消失了。公子,你现在还在干坏事吗？”

“没有，这次有个大计划，这关系到热纳维耳芙的前程。”

“恐怕行不通啊，她表面看起来很坚强，其实她很脆弱。”

这时热纳维耳芙从学校回来了。

塞尔尼纳跟热纳维耳芙聊了一些关于她的故乡的事情。

“公爵大人，我还记得那个地方。

在我七岁那年离开了故乡，但我依然能记得那时的美好。丝绸般的阳光，雪白的墙壁……”

“我见过你母亲几
次，她常常在树下辛勤
劳动。”

“公爵认识我母亲？”

“是啊，我一个朋友住在那里，所以我经常去那里游玩。

上次回到那里，却得知你母亲已经去世了。”

“母亲在病床上躺了两三个星期就去世了。

之后有个陌生男子把我包进毯子里，

把我带到了一个陌生的地方。他告诉我所发生的事情，但我不记得了。”

“养育你的夫妇二人也死了吗？”

“是啊，他们死后，又有个陌生人把我带到了另一个地方。

那是四年前，是我十岁的那年。当我再一次睁开眼睛的时候，发现有位慈祥的奶奶在看着我，也就是我旁边的这位。”

塞尔尼纳突然站了起来，踌躇地走来走去。

“啊，你真漂亮，跟你妈妈长得一样……”

晚上十二点，鲍勃雷拉用绳子勒紧了自己的脖子，因为他不想活了。

他的亲戚给他汇了钱，但没想到，被塞尔尼纳抢走了。

在鲍勃雷拉快要断气的时候，塞尔尼纳冲了进来，

他急忙把年轻人放在了床上。

随后进来了三个壮汉。

“可怜的皮埃尔·勒迪克，我让你重新复活过来。”

三个男人把皮埃尔·勒迪克的尸体挂在了悬梁上。

过了一会儿，恢复知觉的鲍勃雷拉以为来到了天堂，

但看见旁边站着塞尔尼纳，他一下子清醒过来。

鲍勃雷拉环视了一下周围，突然大叫一声。

因为他看到了在悬梁上挂着的皮埃尔·勒迪克。

塞尔尼纳走上前说，

“鲍勃雷拉已经死去，但你可以重新获得生命，以贵族的身份。”

“这到底是怎么回事？”

鲍勃雷拉不明白这葫芦里卖的是什么药。

“其实很简单，从下一秒开始，你就是那个死去的皮埃尔·勒迪克。

在此之前我们需要办点事，你只要忍受十分钟的疼痛就可以了。

把小拇指给砍了，然后在脸上划几道疤痕。”

“啊，不要！求求你……”

但痛苦的尖叫声，什么也改变不了。

勒诺尔曼的行动

5 月 31 日，今天是罗平要救出杰罗姆的日子。
报纸的头条都是关于这件事的报道，
整个城市都在关注今天罗平的动静。
但遗憾的是，这一天什么事情也没有发生。
但到了第二天，监狱里的杰罗姆突然人间蒸发了。
“这真是惊天地泣鬼神的事情。”
整个城市又重新沸腾起来。
“勒诺尔曼，这到底是怎么一回事？”
瓦朗格莱总理气得火冒三丈。
案发当天，罗平给看守员、律师、警卫们发了一封信，
要他们都到预审法官的办公室集合。
当然这封信是伪造的。
当他们都去集合后，罗平派两名假狱警，

把杰罗姆救了出来。

“总理阁下，不用担心。

罗平已经找到皮埃尔·勒迪克了，

并安置在了一个秘密别墅里。

皮埃尔·勒迪克是整个事件的核心人物，

也是克塞尔巴赫要找的秘密人物。

罗平派两个人监视皮埃尔·勒迪克，

但他不知道，那两个人其实是我安排在罗平身边的卧底。

过些时间，他们就会把皮埃尔·勒迪克交给我。

昨天，有个叫斯坦贝克的人给克塞尔巴赫寄了一封信，

被我拿到了。他也在问皮埃尔·勒迪克的下落。

他还说他要来巴黎，等他到了，我们就进行抓捕。”

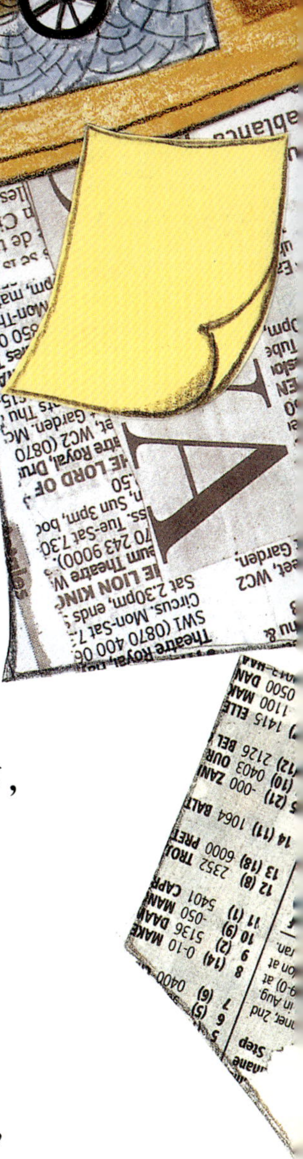

“那个斯坦贝克不知道克塞尔巴赫已经死了吗？”

“是的，那封信是两个月前，从南非寄过来的。

不管怎样，如果利用好这两个人，肯定能抓到真凶。”

勒诺尔曼自信满满地说完，离开了办公室。

黑漆漆的夜晚，勒诺尔曼跟古莱尔来到皮埃尔·勒迪克的别墅。

杜德碧兄弟在等候着他俩。

“有没有发现可疑人物？”

“有，每天晚上都会出现，今晚肯定也会出现。”

皮埃尔·勒迪克吃了一粒安眠药，

在二楼睡大觉。

“古莱尔和杜德碧兄弟，你们都藏起来，我们要看看这个人是谁。”

勒诺尔曼躲在了皮埃尔·勒迪克卧室的窗帘后面。

这时，有个男子翻窗进了屋里。

那个男子来到皮埃尔·勒迪克面前，仔细确认着手和脸。

在光线的照射下，能清楚地看到那人拿着的匕首。

那是一把很眼熟的匕首。

“你！到底是谁！”

勒诺尔曼猛地扑向那个人。

但被那人用匕首捅了一刀。

“啊！”

趁勒诺尔曼身体受伤摇晃时，那人迅速从窗户跳了出去。

勒诺尔曼奋力追了下去。

只见古莱尔和杜德碧兄弟都被打趴下了。

古莱尔吃力地说，

“敌……敌人有两个，其中一个就是那个帕尔比里少校。”

当勒诺尔曼吃力地回到办公室时，秘书跟他说，在火车站抓到了斯坦贝克。

过了一会儿，杜德碧打来电话。

他查到帕尔比里少校伪装成西班牙人，去学校找过热纳维耳芙。

勒诺尔曼急忙赶到热纳维耳芙的学校。

但帕尔比里少校已经不在那里了。

勒诺尔曼向热纳维耳芙询问了帕尔比里来过的事。

“他说自己叫里贝拉，说每年要捐给学校资助金。啊，他用过我的打字机给报纸写信，内容大概是寻找斯坦贝克的广告。”

“他也想查明斯坦贝克的身份。”

当天晚上，克塞尔巴赫夫人找到勒诺尔曼说，

“我看到了广告，斯坦贝克是我丈夫的朋友。他肯定对这件事很了解。”

为了夫人，勒诺尔曼让秘书把斯坦贝克带过来。

老人见到克塞尔巴赫夫人，心情非常激动。

“没想到在这里能见到夫人，克塞尔巴赫先生还好吗？

不久前，我给他写过一封信。”

“克塞尔巴赫已经去世了，你得告诉我们，

皮埃尔·勒迪克到底是什么人？”

“怎么，那是我告诉克塞尔巴赫的秘密，怎么会？

那你也肯定知道，这个名字是伪造的。哦，天啊！”

这时，勒诺尔曼插嘴说，

“克塞尔巴赫是被谋杀的，犯人肯定知道克塞尔巴赫的计划。

或许你跟别人也提起过计划，是吗？

杀人犯在犯罪现场留下了这个烟盒，上面刻着L和M。

就是这个烟盒。”

看到烟盒，斯坦贝克恐慌地说，

“我，我不能说……明天，等到明天！”

勒诺尔曼吩咐秘书，把老人送回住的地方。

但没过多久，传来了秘书被打晕，

斯坦贝克失踪的消息。

勒诺尔曼急忙跑到楼下。

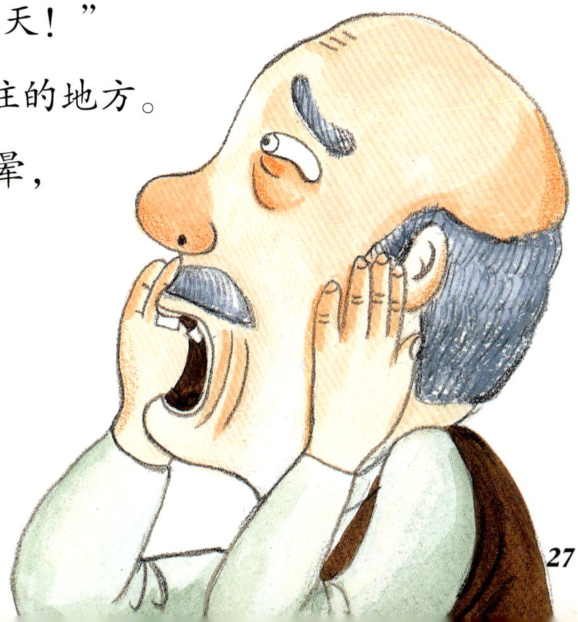

“有个可疑的人跟我借火。我正要拿出火柴，

那小子突然往我的肚子来了一拳。在我倒地时，

那小子带走了老人。那人皮肤黑黑的，

体格壮实，像个西班牙人……”

秘书忍着疼痛说道，

“里贝拉！帕尔比里少校的另一个名字。等着瞧！”

勒诺尔曼气得浑身发抖。这时，古莱尔跑过来说，

“我追到广场，有个车接应了他们。我看见车里有个戴着帽子的男子，和一个红头发的女人。”

“夫人，你家有红头发的女佣吗？”

“有，格特鲁德的头发是红的，她来自俄罗斯。”

勒诺尔曼跟着克塞尔巴赫夫人回到了别墅，

询问其他女佣格特鲁德的去向。

“啊，格特鲁德啊？好长时间没见着她了。”

这时，不知何时回到家里的格特鲁德，围着白色围裙

出现在了大家面前。勒诺尔曼只是跟她点头示意，

没有说一句话，就离开了屋子。

勒诺尔曼和随后跟来的古莱尔说，

“格特鲁德跟杀害克塞尔巴赫的凶手是同伙。

趁女主人不在家，她跟里贝拉和戴帽子的男子会了面。”

“但她怎么能做到，不为人知地在别墅里进出呢？”

“肯定有秘密通道，我们去看看旁边不住人的别墅。”

他们来到了地下仓库，竟然发现一个地道口。

二人沿着地道缓缓地走下去，碰到一扇门，

勒诺尔曼一推，门开了。再往里走五六米，

又出现了一扇门，但门是锁住的。

勒诺尔曼感到有些不安，往回走去。

不料，进来的第一扇门也被锁死了。

两人被关在了两扇门之间。

“糟糕，中埋伏了。”

这时，古莱尔又惊呼起来，

“局长，地面在渗水！”

勒诺尔曼冷静地思考了一会儿，用小刀卸下门上的一个插销，

用插销在门旁的墙上挖着，不久，墙面上出现了一个小洞。

过了大约三个钟头，通道终于挖通了。此时水已经淹到了大腿部位。

二人从洞口跳了出去。沿着一道台阶，

他们终于快返回地面了。

这时，勒诺尔曼的头碰到了什么东西，他伸手一推，一扇翻板活门被顶开了。

他推开活门，刚迈上台阶，就感觉被一种口袋似的东西包裹住了，

接着被绳子捆了起来，然后被带到了一个地方。

“勒诺尔曼先生，把灵魂托付给上帝吧，并且替我祈祷，

我叫帕尔比里，又名胡安·里贝拉，不过我更以阿尔唐汉姆男爵著称。

再见吧，勒诺尔曼先生。”

帕尔比里—里贝拉—阿尔唐汉姆

几天后，塞尔尼纳到热纳维耳芙的家里问艾日萌，

“热纳维耳芙跟我介绍的皮埃尔·勒迪克见了几回面？”

“三回，今天约好在克塞尔巴赫夫人家里见面。”

塞尔尼纳露出了满意的表情，他想让假冒的皮埃尔·勒迪克成为法国贵族，跟热纳维耳芙结婚。

他自己则希望跟克塞尔巴赫夫人结婚。

正想着美事，杜德碧兄弟来访。

“公爵，勒诺尔曼和古莱尔失踪了。”

“不能相信警察们的能力。我们得自己动手，

要想找出斯坦贝克老人，得先找到里贝拉的住处。”

说完，塞尔尼纳往克塞尔巴赫家里走去。

他看见福尔摩里审判长、韦贝次长等人从小楼里出来，

旁边有一个戴着单片眼镜的人，很是碍眼。

又看见皮埃尔·勒迪克在板凳上坐着，好像是在等热纳维耳芙。

塞尔尼纳走上去问，

“那个戴单片眼镜的人是谁？”

皮埃尔·勒迪克结结巴巴地说，

“阿尔唐汉姆男爵，说是克塞尔巴赫的朋友。

要帮我找回童年时的记忆。”

“所以，你说了什么？”

“我能说什么，是你把我变成现在这个样子的。

我都不知道我现在到底是谁。”

塞尔尼纳加强语气说，

“不知道你是谁？我是俄罗斯公爵，

你是法国贵族。不然，

我能让你跟热纳维

耳芙结婚吗？”

塞尔尼纳跟克塞尔巴赫夫人短暂见面后，来到了外面。

“那小子是阿尔唐汉姆？”

在回家的路上，塞尔尼纳脑中都是这位新登场的人物。

正要拐弯过胡同的时候，戴着单片眼镜的阿尔唐汉姆，站在了塞尔尼纳面前。

“等你好久了，罗平！”

塞尔尼纳很是惊讶，因为此人是第一个知道自己真实身份的人。

“所以呢？”

“咱俩有些话得唠唠，不是吗？”

“好啊，在你家里见面如何？”

转眼间，塞尔尼纳拿到了阿尔唐汉姆口袋里的报纸。

这上面有他家的地址。

第二天，塞尔尼纳按响了杜邦别墅区 29 号的门铃。

“快进来，现在可以叫你罗平了吧？”

“那我叫你什么呢？阿尔唐汉姆？里贝拉？还是帕尔比里？”

“哈哈，没想到你对我挺了解啊。可为什么我俩要成为敌人呢？

有着共同目标，咱们携手怎样？”

塞尔尼纳瞪着眼睛说，

“我罗平从来不懂得服从，携手就意味着妥协。”

这时，仆人们拿来了吃的东西。

在餐桌的旁边，有条狗看着塞尔尼纳，这是塞尔尼纳带来的狗。

“这个派是我的首席料理师做的，你尝尝。”

“嗯，看样子很好吃。这样吧，好狗你先尝一口。”

塞尔尼纳把食物扔给了他的狗，但狗吃完后在原地转了两圈，死掉了。

塞尔尼纳温柔地对男爵说，

“我说，男爵。你想毒杀朋友，先练好你的演技。太粗糙了，你没感觉到你的声音在颤抖吗？”

之后，两个人还见过几次面。

有一天，他俩在草地上散步，阿尔唐汉姆的手伸向兜里，里面分明是一把匕首。

塞尔尼纳大声叫道，

“你个胆小鬼，快点捅我啊！”

阿尔唐汉姆被这突如其来的一叫给镇住了。

这时，从草丛里跳出来一个黑影，掐住了塞尔尼纳的脖子。

阿尔唐汉姆抓住机会，也扑了上去。

但在半分钟之后，阿尔唐汉姆惨叫一声，被打飞了。

那个黑影也从小门逃开了。

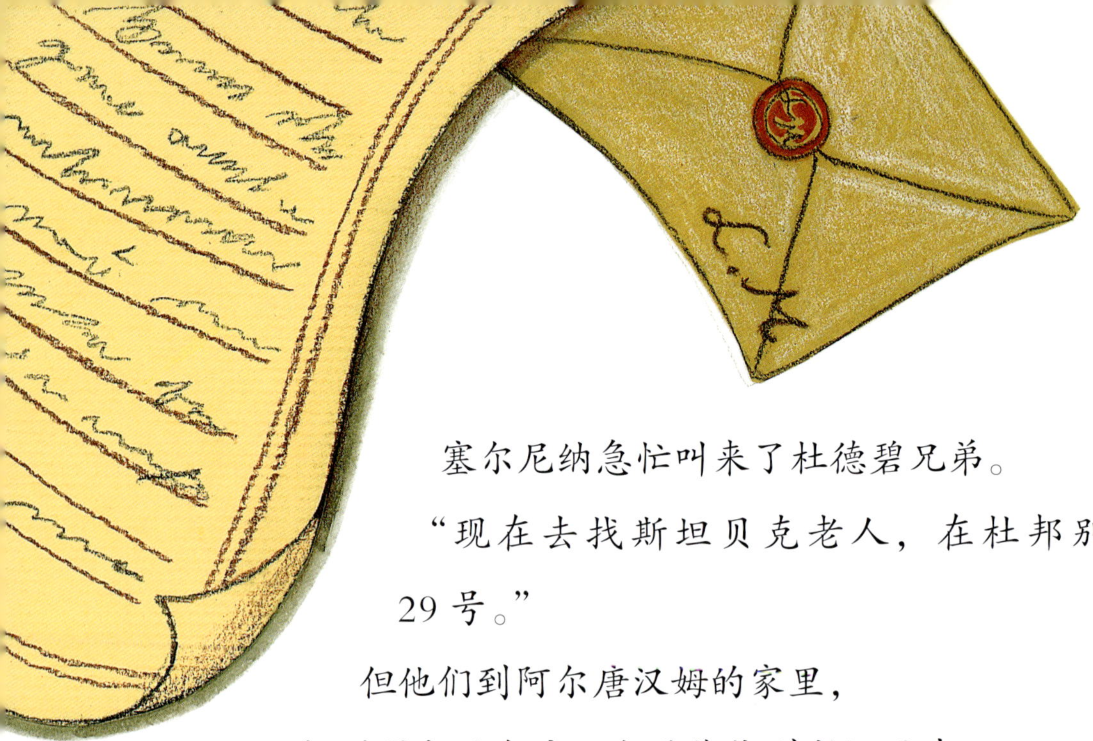

塞尔尼纳急忙叫来了杜德碧兄弟。

“现在去找斯坦贝克老人，在杜邦别墅区29号。”

但他们到阿尔唐汉姆的家里，

把别墅翻了个遍，也没能找到斯坦贝克。

“你们哥俩先回去，有需要时我再发信号。”

塞尔尼纳进到阿尔唐汉姆的贮藏室里，等他回来。

过了大约半个小时，只听楼下的大门开了，然后是一片嘈杂声。

“罗平，我不会饶了你！竟然偷袭我家。斯坦贝克，

我们说到哪里了？什么？你说不是？明天再说。”

听完后，塞尔尼纳充满了疑惑。

“到底斯坦贝克在哪里？他是在说梦话吗？”

塞尔尼纳无比惊讶，决定继续躲着不动。

第二天早上，阿尔唐汉姆拨通了一个电话。

“喂，我要接加尔舍38号。

是我，昨晚他派人搜了房子，当然什么也没找着。

斯坦贝克老头拒绝开口。塞尔尼纳那家伙，过两天我也要跟他算账。

你有主意了？……主意不错，我这就来办。

什么时候见面？星期三下午两点？好的。”

他放下话筒，出门去了。

塞尔尼纳出来又把卧室检查了一遍。

“真是奇怪了。再藏一天。”

塞尔尼纳那天晚上也躲在贮藏室里。

晚上他又听见阿尔唐汉姆在嚎叫。

“老头，怎么样？饿了吧？要是你不坦白，一个面包片也不给你吃。

明天再折磨你，先睡吧。”

塞尔尼纳还是没能找到斯坦贝克所藏的位置，不得不溜出了贮藏室。

然后他给瓦朗格莱总理写了一封加急信件。

勒诺尔曼局长现被困在杜邦别墅区 29 号，

杀害克塞尔巴赫的凶手，在下午两点要杀害勒诺尔曼。

——塞尔尼纳公爵

在那天早上，韦贝次长也收到了一封信。

塞尔尼纳公爵就是亚森·罗平。

——L.M.

橄榄绿礼服

塞尔尼纳去热纳维耳芙的学校见她。

却得知她收到塞尔尼纳的信，去了火车站。

“天啊，那是封假信，肯定是阿尔唐汉姆所为。”

塞尔尼纳急忙去了阿尔唐汉姆家里，

看到阿尔唐汉姆一副恭候多时的表情。

“热纳维耳芙在哪里？快说，警察马上就到了。”

“你以为我会坐以待毙吗？你看看那儿。”

阿尔唐汉姆用手指了指窗外。

“你也告发我了啊！韦贝和他的手下是来抓捕亚森·罗平的。”

这时，阿尔唐汉姆用力踢了一下塞尔尼纳的小腿，撒腿就跑。

塞尔尼纳急忙追了上去，不等阿尔唐汉姆开地下室的门，就扑了上去。

“罗平，门外会是谁呢？呵呵，是我的部下在等你呢。”

二人激烈地打斗起来，在他们头顶上方，传来猛烈的敲门声。

塞尔尼纳一把掐住他的脖子，迅速从口袋里掏出绳子，把他绑了起来。

然后在阿尔唐汉姆的耳边低声说，

“听我说，你肯定会被捕，今晚我会溜进看守所，到时你得告诉我热纳维耳芙在哪儿，

两个钟头后，如果我确定你没有说谎，我就把你救出去。”

然后，他掀开翻板活门，走了下去。

这时传来了一声极其凄惨的叫声，

塞尔尼纳迅速走过去，发现阿尔唐汉姆躺在大厅里，

喉头附近都是血。原来是他的同伙见解救不了他，就把他杀了。

“你听得见我说话吗？快告诉我热纳维耳芙在哪里。”

“里……里沃利……27……”

这时，警察围上了罗平，用枪对准了他的脑袋。

阿尔唐汉姆对韦贝说了些什么。

“什么？勒诺尔曼局长怎么了？”

韦贝急忙问道，阿尔唐汉姆用尽吃奶的力气，指了指柜子的方向。

韦贝打开了柜子，在一层隔板上，放着一只黑色包裹。

他打开一看，里面有一顶帽子，几件衣服。他认出是勒诺尔曼的那套橄榄绿礼服。

阿尔唐汉姆又指着塞尔尼纳说，

“那家伙，那家伙……塞尔尼纳……勒诺尔曼……”

“什么？塞尔尼纳就是勒诺尔曼局长？不可能！”

韦贝惊呆了，屋里的警官们也傻掉了。

没过多久，阿尔唐汉姆就挂了。

“你觉得吃惊吗？那强盗把我扔进水里，但他忘了搜走我的刀子。我用刀子划破袋子，割断绳子，就上岸了。”

终于，杜德碧在塞尔尼纳手上戴上了手铐。

趁人不注意，塞尔尼纳轻声吐出几个音，

“热纳维耳芙，里沃利 27 号。”

罗平被关进了监狱。

几天后，罗平被带到了审判长福尔摩里面前。

“我没有杀阿尔唐汉姆，我是为了找到斯坦贝克老人才去的那里。

如果现在不马上到杜邦别墅区 29 号的话，

那老人会饿死。如果放了我，我能找到他。”

但是审判长没有听进他的话，

“罗平，已经被你耍过一次，你以为这回我还会上当吗？”

“你不相信我啊，那就没办法了。”

说完，罗平转身离开了。

过了一会儿，审判长又急忙叫回了罗平。

“我妻子被绑架了，歹徒称，如果不找到斯坦贝克，他们就撕票。是你派人干的吧？”

“当然是我，你快点把这个手铐摘下来。”

爱妻如命的审判长，只得乖乖听话。

到了杜邦别墅区 29 号后，罗平和警察们重新搜查了一下别墅。

“肯定会有密道，我们必须找到它。”

罗平命令把屋内的所有家具都搬出屋外。

他在屋里点了根烟，仔细观察屋里的每一个角落。

突然，他的眼睛停留在了一个地方。

“肯定是那里，找到了，把天花板砸开。”

警察们砸开了天花板。

斯坦贝克就躺在那里，幸好他还没有断气。

“斯坦贝克，不要说出关于皮埃尔·勒迪克的秘密。

你要的钱，我罗平会支付给你。”

惊天秘密

罗平被重新关进了监狱。几天后，斯坦贝克到监狱来见罗平。

“斯坦贝克，皮埃尔·勒迪克的原名到底是什么？”

“赫尔曼四世，也是韦尔登兹大公国的伯爵。”

“很厉害的人物啊，你继续。”

“该国在吕内维尔合约之后被法国人占领了，成为蒙托内尔省的一部分。

1814年，又恢复了大公国，交给赫尔曼一世统治。到赫尔曼二世时，由于他放荡不羁，臣民们无法容忍，就把这位君主逐出了国门。

后来他遇到了德国的俾斯麦首相，他在临死前把儿子，也就是皮埃尔·勒迪克的父亲托付给了俾斯麦首相。”

“然后怎么样了？”

“在俾斯麦死后，赫尔曼三世到韦尔登兹国定居。

在这里，他遭到皇家近卫军军官瓦尔德马尔伯爵的逼迫，要求他交出秘密文件。

那份秘密文件牵涉到国家的整个国际关系。”

斯坦贝克说出了那份秘密文件的目录。

“你是怎么知道这些的？”

“听赫尔曼三世的私人秘书说的，他已经在开普敦去世了。

他就死在我的怀里。他告诉我，他的主人秘密结婚，遗有一子。

接着他就把那惊人的秘密告诉了我。赫尔曼三世死前留下了8、1、3和Apoon的字样。”

“那些奇怪的字符就是整件事情的关键。”

“赫尔曼三世和夫人都去世之后，

他们的孩子就跟着秘书生活，名字也改成了皮埃尔·勒迪克。”

“那份秘密文件，现在在哪里？”

“在韦尔登兹国的废城里。”

“斯坦贝克你得知道，你目前很危险。

所以，你拿到那份秘密文件后，要听从我的安排。”

罗平终于知道了这个重大的秘密。

稻草人

邱少老人和四个儿子打猎回来，听见了一阵喊叫声。
啊啊啊啊
好像是妈妈的声音啊。
家里好像出了什么事，快去看看！
有人偷了咱家的钱。
什么？小偷！小偷！
小偷咬了我一口，我敢肯定就是特雷纳德老头。
几天前，一直在咱家附近徘徊的那家伙？
警察到场后，仔细地搜查了周围，但没能找出任何线索。
您就放弃吧。
让我放弃？没门儿，我亲自找。
那老头得喝水，肯定会来这个泉水边。
我在这儿等！
另一边，有位年轻绅士进了镇上的酒吧。
年轻人，第一次来这儿？
我正在旅行，车坏掉了。
你看过报纸吗？那个小偷还没被抓到。
要是我，肯定能很快解决。
我们就在这个泉水旁边等着，不信他不来喝水！

哈哈哈，这个是用三根稻草粘在一起的。
那是怎么回事？
那个老人在这一个月里，受尽了苦头。他受到了应有的惩罚，所以你就饶了他吧。
如果能把钱还回来的话，可以考虑。
哎哟！
砰
藏在稻草人后面，用稻草来吸水喝。
快把我的钱拿过来！
钱？什么钱？
刚才的年轻人去哪儿了？
好像去了那个地方。
真厉害，刚才搜老头的身时，偷走了钱。
天啊，我兜里的家门钥匙没了！
家里没人啊！
快抓住那人！我的钱！
哈哈哈，我是亚森·罗平
每过三个月，特雷纳德老头都能收到一些钱币。
如果不是那位绅士，我肯定早就去见阎王了。

罗平的大计划

表面上，罗平每天都靠粘贴信封消磨时间。

其实信封里另有文章。罗平通过信封，跟外界联络。

几天后，罗平在报纸上公开了俾斯麦秘密文件的目录。

而 8 月 13 日，发生了意外事件。

罗平跟辩护律师谈话时，看到报纸上的一个消息，便失声大叫起来。

“什么，斯坦贝克被杀了？”

“是的，英国的大侦探福尔摩斯也参与了此事。

他要跟德意志皇帝一起到韦尔登兹大公国，寻找 Apoon 的秘密。”

“想必福尔摩斯看到了我刊登的报道。”

罗平一想到福尔摩斯先他一步到韦尔登兹寻找秘密文件就很气愤。

对于斯坦贝克的死，他也感到很遗憾。

这样一来，他也不能得知秘密文件的下落了。

在一个漆黑的晚上，三个男子来到监狱，找到了罗平。

身穿大衣，戴着帽子的男子问罗平，

“你就是罗平？”

“想跟我对话，我得知道你是谁。”

“我不说你也应该知道吧？”

突然，罗平乖乖地低下了头。

“现在我知道您是谁了，陛下。”

一位是盗贼，另一位是君主。不知道他俩会演绎出什么样的故事。

《斯坦贝克被害》

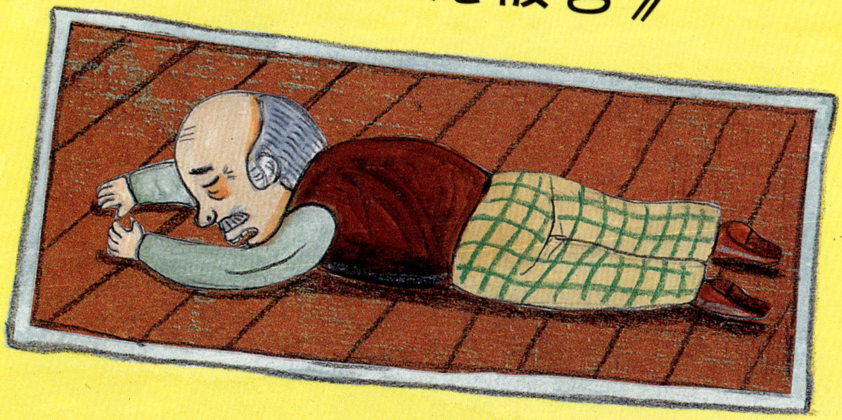

“明日就是8月22日，那秘密文件的目录会如期发表吧？”

“就在今晚，我朋友会在报纸上刊登的。”

“你先把那份秘密文件交给我，文件在哪里？”

“我的手下现在正赶往韦尔登兹。”

“福尔摩斯没能找到，如果是你找到了，你要求什么奖赏？”

“我要自由，还有，我找到了大公国的君主，
请把大公国的领地还给他。”

皇帝点了点头，就离开了那里。

第二天，典狱长把罗平交给了韦贝。

韦贝开车带罗平来到了一个地方，
皇帝的五名部下正等候在那里。

“不是说给我自由吗？”

“等这件事办完之后。”

他们给罗平铐上手铐，开车去了韦尔登兹。

带罗平去韦尔登兹的，有昨天跟皇帝来监狱的瓦尔德马尔伯爵。

没过多久，他们到了韦尔登兹城堡的大厅。

没想到皇帝已经等候多时了。

皇帝恐吓道，

“快交出秘密文件。”

罗平不紧不慢地说，

“文件就在城堡里，但要想找到它，得需要一整天时间。”

“伯爵，带着你的部下，跟着这个人。

我们就等到明天中午。让他随便在里面转悠。”

说完，皇帝推门而出。

瓦尔德马尔伯爵对罗平说，

“走吧，快去找文件。”

“不行，我得想想文件到底在哪儿。”

“你到底知不知道文件在哪儿啊？”

“我当然不知道啊。哈哈哈。”

随后，罗平陷入了沉思。

“对了，得先找到那个秘书的家人。”

罗平从手下那里得知，那个秘书的儿子两年前死掉了。

他还有个女儿，名叫伊齐尔达，但她是个疯子。

罗平来到那个女孩的住处。

女孩眼神茫然，罗平问了几个问题，她都理解不了。

罗平要来一支铅笔，几张纸。

在纸上写上“8，1，3”，

伊齐尔达没有反应。

他又写了“Apoon”。突然，那姑娘猛地抓住铅笔，

好像一下来了灵感，在那几个字母中间添了两个“L”。

纸上出现了一个词“Apollon”（阿波罗）。

她像着了魔似的，又写下了一个词“Diane”（戴安）。

“就差一点！”

罗平急忙叫道，那姑娘又写出了一个大写字母“J”。

然后从口袋里掏出两块金币，欢快地敲着。

罗平看到那是两块崭新的法国金币，上面刻着年份。

他从伯爵那里要了两块金币，递给伊齐尔达，

那姑娘指了指城堡的最上层。

罗平急忙跑到伊齐尔达所指的地方，

他跑到了二楼，在他面前出现了 12 个房间，

又跑到三楼，出现了 24 个房间。

罗平重新回到了二楼，发现每个房门上都刻着“J”、“V”、“A”、“D”等字母。

“12 个门上都有字母。就是这间屋子了。”

罗平思索了一下，突然进入了写着“A”的屋子。

没想到，皇帝居然坐在屋里。

“罗平，我已经料到过不了多长时间，你就会找到这间屋子。”

“是的，陛下。当我看到这 12 间屋子的时候，就知道了，‘Diane’和‘Apollon’等代表着奥林匹斯神的名字。可问题是，有个家伙比我先到一步，并一直干扰着我。”

“什么，那家伙都追到这里来了？”

“是的，他给了伊齐尔达金币，从她口中得到了一些重要信息。”

“伯爵，马上把罗平手上的手铐给打开。”

罗平终于获得了自由，但时间只剩下 16 个小时了。

再一次找到伊齐尔达的时候，她已经晕倒在地。

过了一会儿，姑娘醒了。她一站起来，手里的十几块金币都掉了下来。

“她说了什么有用的信息，才得到这么多金币？”

罗平看见地板上有一本书，就弯下腰捡了起来。

那姑娘猛地扑过来，抓住那本书，紧紧搂在胸前。

罗平经过一番激烈的争夺，才从姑娘手里把书给抢了过来。

那是伊齐尔达的爷爷留下的日记。

上面记载了城堡里发生过的一些事情。

“啊！原来拿破仑在韦尔登兹住过。”

这时，伊齐尔达冲上前，把罗平手里的日记抢了过去，

然后把日记扔进了火炉里。

“不要！一条重要的线索被你毁了。

好吧，到明天中午十二点之前还有些时间。先喝一杯咖啡吧。”

罗平让守卫拿来了一杯咖啡。

但没过多久，罗平突然倒在了地上，

有人在咖啡里放了迷药。

当他醒来，已经是第二天上午十点了。

他拖着沉重的身体，来到二楼走廊最后一间厅房。

“这是 Minerve（智慧之神密涅瓦）厅，对吗？

但为什么在壁炉和挂钟上都刻着 N？”

时间在一分一秒地流逝，皇帝见形势不妙，挖苦罗平说，

“罗平也不过如此！瓦尔德马尔，等到了十二点，就逮捕他。”

罗平打起了十二分精神，

“813，8和1和3，可还差一点，是什么呢？”

这时，时间只剩下五分钟了。

“瓦尔德马尔，你扯一下那架旧钟的钟摆，把指针拨到十二点差一分的位置。”

罗平站起来，全神贯注地盯着钟面。

十二点的钟声敲响了，钟声深沉而浑厚。

罗平回到椅子上，吩咐道，

“瓦尔德马尔，请把指针拨到十二点差两分的位置。”

瓦尔德马尔调着指针，心里满是委屈。

他心想，一个堂堂的伯爵居然听一个盗贼的使唤。

这时，罗平说道，

“等等，瓦尔德马尔，钟表上有一个小圆点，

表示一点钟，你看见了吧？

这圆点在晃动，对不对？

你把左手食指放上去，用力摁。再摁住表示三点和八点的圆点。好的。”

等了一会儿，十二点的钟声再次响起来。敲完十二声，传来机关发动的声音。

突然，钟面上方那个青铜羊头装饰掉下来，露出一个小洞。

小洞里，放着一只刻着花纹的银盒。

罗平拿出银盒，递给了皇帝。

皇帝接过银盒，慢慢打开。出乎意料的是，银盒里面却是空的。

“陛下，是那家伙干的，就是杀害克塞尔巴赫先生的凶手。”

“他什么时候干的？”

“昨晚啊，陛下，昨天为什么不让我自由行动呢？如果那样文件就不会丢失了。”

“你怎么能肯定是昨晚被盗走的呢？”

"请检查小洞的内部，里面有粉笔写的日期：8 月 24 日午夜。"

"嗯，的确。壁炉和挂钟上刻了两个 N，那是什么意思？"

"这是法国皇帝拿破仑，睡过一天的意思。

赫尔曼大公临死前写的那残缺不全的词 Apoon，并不是指 Apollon，而是 Napoleon。"

"有道理。可是那数字 813 呢？"

"三个数字加起来等于 12，正好这间房子是走廊里的第 12 个房间。时钟敲响 12 点时，我发现第一、第三和第八个圆点是活动的。瓦尔德马尔摁了三个点，机关就发动了。"

这时，外面传来一阵叫喊声，伊齐尔达冲进了屋内。

只见她满脸泥污，面部肌肉抽搐着，显得极为痛苦。

"陛下，快叫御医来，一分钟也不能耽搁。"

疯姑娘嘟嘟囔囔说着什么，谁也听不懂。

罗平想了想，在白墙上写了两个大写字母 L，M，问她，

"你见到他了？"

她朝两个字母点点头，然后惨叫一声，扑倒在地，不能动弹了。这时，医生来了，发现她是中毒身亡。

"这事也是那家伙所为吗？罗平，我现在命令你去夺回文件。你现在自由了！"

七匪徒

罗平获得自由后，第一时间找到了克塞尔巴赫夫人。

“夫人，我在热纳维耳芙奶奶那里得知，你需要我的帮助？”

“是啊，我太害怕了。这几天，有两个人老在附近走来走去。我让仆人跟着其中一个，发现他是龙培街左边第一家餐厅的伙计。”

“夫人，不要担心。我安排一个手下，暗中保护你。”

罗平来到龙培街的那家餐厅。

见到领班的，罗平一把抓住他的脖领说，

“别说话，我认识你。你是阿尔唐汉姆家的领班，

那天还想毒死我。老实交代，

为阿尔唐汉姆干活的有几个人？”

“除，除了我，还有七个。”

“你那七个同伙儿呢？”

“我跟他们分手了，他们还在继续干。”

“他们在哪儿？”

“3号大院。其中一个是旧货商。”

“很好，阿尔唐汉姆的真名叫什么？”

领班犹豫不决，罗平摊开三张一千法郎的钞票。

“拉乌尔·德·马尔莱舍。”

罗平从椅子上跳了起来，他想到了韦尔登兹那个被毒死的疯姑娘。

又是这个姓氏。

这时，杜德碧来到罗平身边汇报情况。

“阿尔唐汉姆的父母都死在外国，留下三个儿女。

老大叫拉乌尔·德·马尔莱舍，最小的女儿叫伊齐尔达，

老二也是儿子，现在二十六岁，叫路易·德·马尔莱舍。”

罗平心理一沉，

“路易·德·马尔莱舍！首字母缩写正是 L.M.！

这么说，凶手叫路易·德·马尔莱舍，

是阿尔唐汉姆和伊齐尔达的兄弟。

他怕他们揭露自己，就把他们杀了。”

这时，一个人走进了餐厅，顺手把一顶黑色软毡帽挂在衣钩上。

他在一张小桌前坐下。

罗平招呼一名服务员过来，

“那位先生是谁？”

“一位顾客，名叫莱翁·玛西埃。每个星期要来两三次。”

“啊！这个人的首字母缩写也是 L.M.。”

罗平打量着他，他的身材和姿态与罗平曾见过的黑衣人十分相似。

十分钟后，莱翁·玛西埃走出了餐厅，罗平紧跟其后，来到了3号大院后面的一座独立小楼房。

“这样看来，莱翁·玛西埃住的房子与阿尔唐汉姆的七个同伙聚会的房间相通！那他必定就是那个L.M.。”

从那天起罗平就一直暗中观察敌人的行动。

这天，罗平收到了克塞尔巴赫夫人写来的信。

她说看到两个男人站在她窗下，还隐约听到其中一个说今晚就行动之类的话。

罗平命令杜德碧召集十来个壮实的弟兄，

约好晚上十一点在克塞尔巴赫夫人住宅的胡同里见面。

“不能一直守株待兔了。”

这时，从旧货商的仓库那里传来动静。

罗平翻过墙探了一下究竟。

只见旧货商拿着两把枪比划着说，

“成败就在今夜了，必须抓住克塞尔巴赫夫人。

要是拿到她手里的钻石，每人赏三百法郎。”

“如果要动刀怎么办？”

“那就能分更多钱，如果对手是罗平，赏钱可能是三千法郎。”

罗平不动声色地离开了那里，跑到克塞尔巴赫夫人家里。

到了克塞尔巴赫夫人家后，罗平怎么也找不到杜德碧他们。

“夫人，您见过我的手下们吗？”

“他们看完您发来的信后，就急忙离开了这里。”

“我发来的信？我没发过什么信啊。

那是假的，他们被骗了。”

这时，罗平看见旧货商一行人走过来。

那些歹徒在撞外面的门，罗平走出卧房内室，把门关紧，开亮电灯。

他猛地拉开外间的门说，

“要是把罗平除掉了，每人奖赏三千法郎，是吧？现在我加一倍。”

他把钱放在歹徒们伸手可及的桌子上。

“你们想要的是克塞尔巴赫夫人的钻石，是吧？喂，旧货商，你跟我进来，我告诉你在哪里。”

罗平的话音刚落，这些人都挤进了屋里。

“来，就在壁炉炉膛下面，要先把壁炉的大理石板都搬开。”

他们急忙凿开了壁炉。

这时，罗平从口袋里掏出了两把枪，

两枪齐发，接着又是两枪。

随着几声尖叫，四个家伙相继倒下。

罗平又将两把手枪对准旧货商和他剩下的两个同伙。

“举起手来，不然我开枪了。很好。

如果你俩不想死，就把旧货商给绑了。”

那两个歹徒乖乖地听了罗平的话。

罗平对旧货商说，

“我说，胖子，你们再来五十人，我照样收拾。”

然后罗平急忙去了夫人的屋子，

可夫人却不见了踪影。

“又是他，路易·德·马尔莱舍！”

罗平跟韦贝警官简单地说明了状况后，

急忙跑到莱翁·玛西埃的家里。

只见克塞尔巴赫夫人被绑在了沙发上，

她用眼睛示意，二楼有情况发生。

罗平静悄悄地上了二楼，
他看见一个黑影在走动。
“马尔莱舍，你的死期到了！”
罗平朝那个黑影扑了上去，
很快就把那人擒住了，
又在抽屉里找到了那份秘密文件。

这时，韦贝警官正好到场。

“韦贝，这儿有战利品，你会喜欢的。”

罗平把马尔莱舍交给了韦贝警官。

杀死克塞尔巴赫、夏普曼、阿尔唐汉姆、伊齐尔达的凶手，终于落网了。

罗平找到瓦尔德马尔伯爵，把秘密文件交给了他。

随后在韦尔登兹大公国，举行了承认皮埃尔·勒迪克为赫尔曼四世的典礼。

“啊，热纳维耳芙，你就要跟皮埃尔·勒迪克结婚了。我也准备跟克塞尔巴赫夫人告白了。”

罗平兴高采烈地去了克塞尔巴赫夫人的家，但意想不到的事情发生了。

克塞尔巴赫夫人和皮埃尔·勒迪克竟然恋爱了。

“啊啊！怎么可能？你俩竟然在一起了！”

罗平火冒三丈地抓住皮埃尔·勒迪克的脖子，怒声说道，

“夫人，这骗子没告诉你吗？他是大公吗？他是赫尔曼四世吗？笑死人了！他只不过是一个叫花子，是我让他当上大公的！”

他把年轻人像包裹似的举起来，从敞开的窗户扔了出去。

克塞尔巴赫夫人瞪着愤怒的罗平，呆呆地坐在长椅上。

罗平正要转身离去，不小心碰掉了一个小镜子。

上面镶有一个金色的图案，居然是L和M。

“L和M，路易·德·马尔莱舍！”

罗平惊讶地问克塞尔巴赫夫人，

“这个镜子从哪里来？是谁的？”

“我也不知道啊，好像是哪个仆人留下的吧。”

这时，热纳维耳芙进了屋子，欢快地说，

“哎呀，那是夫人的镜子，这下好了，不用再费劲找镜子了。”

等热纳维耳芙出去后，罗平问夫人，

“这是夫人的物品，是真的吗？

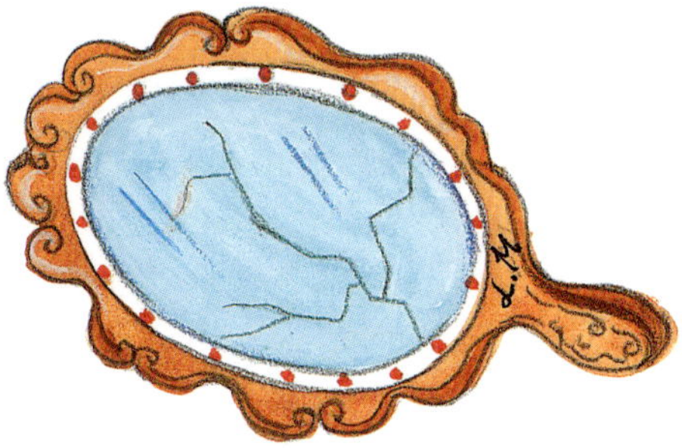

或许你认识路易·德·马尔莱舍？”
“别再问了，我不会告诉你的。”
回到家里，罗平脑子里乱成了一团。
罗平想到了一个重要的细节，
“莱翁·玛西埃不是在现场抓获的，
而是在他毫无防备之下抓到的。
还有，在他家里没有搜到任何凶器。”
时间一天天地过去了。
某天晚上，罗平正在床上躺着，
有一个黑影拿着一把匕首要刺杀他。
“这个匕首，是路易·德·马尔莱舍的！”
罗平迅速掐住了那人的脖子，将他擒住，
然后用台灯照在了那人的脸上。
看到那人脸庞的瞬间，罗平惊呆了。
“啊！你，你是L.M.！”那人居然是克塞尔巴赫夫人。
罗平这时才恍然大悟。
克塞尔巴赫夫人为了得到赫尔曼大公留下的领土和秘密文件，
杀死了自己的丈夫。
为了得到韦尔登兹城堡，勾引成为赫尔曼四世的皮埃尔·勒迪克。
为了自己的目的，居然还杀死了自己的哥哥阿尔唐汉姆，
和自己的亲妹妹伊齐尔达。

罗平抱起曾经心爱过的女人，
但她已经断了气。
悲剧没有到此为止，
罗平为了解释莱翁·玛西埃不是杀人凶手，跑去了警察局。
但此时，莱翁·玛西埃已经被实施了绞刑。
伤心欲绝的皮埃尔·勒迪克也自杀了。
“莱翁·玛西埃为什么没有否认自己是凶手？
又为什么在每个案发现场都有他的踪影？
还有那份文件又是怎么回事？”
罗平带着疑问，来到了克塞尔巴赫夫人的家里。
在她家里，罗平找到了莱翁·玛西埃写给克塞尔巴赫夫人的情书。
还在夫人的内衣兜里，找到了那份秘密文件。
之前的文件居然是假的。
“啊，夫人利用这些男人对她的爱慕，
让他们成了杀人凶手。还有，我递交的那份文件居然也是假的。”
罗平感到万分羞愧，甚至不想再留在这个世上了。

侠客
亚森·罗平之墓

罗平留下“侠客，亚森·罗平之墓”后，放火烧掉了整个房子。

他离开了那个伤心之地。

几天后，罗平去了热纳维耳芙的家里。

艾日萌以为罗平已经死去，瞪大眼睛说，

“公子，不要啊，不能再让那孩子不幸了。”

“艾日萌，让我最后再见她一次。”

艾日萌无法拒绝罗平的哀求，把他带到了热纳维耳芙那里。

站在远处看着热纳维耳芙跟孩子们玩耍的样子，

罗平哽咽地自言自语道，

“热纳维耳芙，我答应过你的母亲，让你幸福快乐。

但现在都已经成为了泡影。”

“公子，热纳维耳芙是您的女儿，是吧？”

“是啊，是我的女儿，我可怜的孩子。”

艾日萌看到罗平流下了眼泪。

后来，罗平把真正的秘密文件传给了皇帝。

最后他来到悬崖边，纵身跃进了大海。

解开“813”和“Apoon”之谜！
《813谜案》

德国的亿万富翁被杀了。在案发现场，发现了罗平的名片。这件事是罗平所为吗？但他从来没有害过人。被害人留下的“813”和“Apoon”代表什么意思呢？

怪盗罗平系列中数一数二的作品

1910年发表的《813谜案》是莫里斯·勒布朗的代表作。在罗平系列中也是数一数二的杰作。故事以德国和法国的领土纠纷为背景，掺杂着复杂的人物情感和故事情节。围绕着“813”和“Apoon”发生的故事情节异常紧张，令人震惊不已。

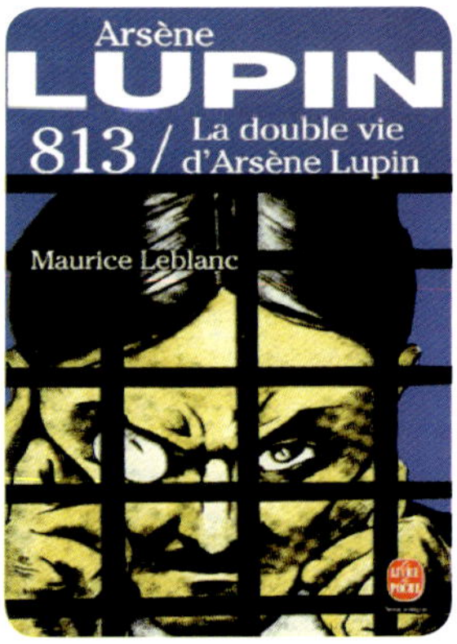

▲《813谜案》原版封面

谁是真正的凶手？

▲小说里的韦尔登兹

罗平为了洗脱罪名并破案，时而变身为警察局长，时而化装成俄罗斯公爵。但每到关键时刻，都会出现一个神秘人物妨碍他的行动。这个神秘人物也是变装高手，不过比罗平还是略逊一筹。几经波折，罗平终于揭开谜底，了解了事情的来龙去脉。在这部作品中，出现了罗平的女儿。读者能够感受到罗平对女儿外冷内热的父爱。

劫富济贫的罗平，《稻草人》

▲《稻草人》

莫里斯·勒布朗在1912年发表了这部作品。罗平为什么受到读者们的青睐，在这部作品中就能找到答案。在这个故事中，罗平虽然为富人抓住了小偷，但看到小偷窘迫的样子，罗平又心软放了他。在此过程中，罗平也没有忘记自己的职业，把被偷的钱放进了自己的兜里。他知道，这些钱没有必要还给富人，所以每过三个月，他都会寄一部分金币给那个小偷。这是狼狈为奸，还是心慈手软？这得由你去判断。

侦探放大镜

罗平是如何度过童年的？

看了怪盗罗平系列的许多故事，你想了解罗平的童年吗？罗平出生在法国的鲁昂，爸爸是搏击俱乐部的教练，所以他从小就开始学习武术。妈妈是一位优雅而高尚的贵族，后来因为丈夫死在了美国监狱，所以在伯爵府当仆人。伯爵夫人总是欺负母亲，罗平便偷走伯爵夫人的项链，以此进行报复。我们在《女王的项链》中可以读到这个故事。在罗平十二岁时，母亲也去世了。从此他跟着乳母生活。乳母教他学习美术、历史等知识，罗平终于成长为一名健康的青年。

▲罗平的故乡

推理达人 推理最棒！

根据蛛丝马迹找出凶手！

在《813 谜案》中，酒店服务员找到了刻着“L.M.”的烟盒。罗平最后终于弄明白这个“L.M.”到底是谁。如果你是侦探，通过案发现场留下的证物，你能找到凶手吗？

案件 1

① ② ③ ④

答案 案件1—③，案件2—四，案件3—Ⓑ

世界推理小说系列

《世界推理小说》系列丛书共20册，包含两个小系：《名侦探福尔摩斯系列》和《怪盗罗平系列》各10册。这套丛书对原著进行了适合少年儿童阅读水平的改编。可贵的是，改编没有破坏侦探、推理小说的逻辑性，本系列故事依然具有非常强的可读性。

《怪盗罗平系列》是法国著名作家莫里斯·勒布朗的作品，该系列作品被翻译成多种语言畅销全球，还被多次拍成电影在大银幕呈现。亚森·罗平也成为与名侦探福尔摩斯齐名的、家喻户晓的人物。

世界推理小说系列

《名侦探福尔摩斯系列》是著名侦探小说家阿瑟·柯南·道尔的作品，在书中他成功塑造了大名鼎鼎的侦探——夏洛克·福尔摩斯。柯南·道尔的小说有非常强的画面感，其冲突设置集中，情节跌宕，使读者仿佛置身于故事之中。